LES GRANDES VACANCES

PAR

STANISLAS

EDMOND LEROY

IMPRIMEUR ÉDITEUR

RUE DE L'ARBRE-SEC N° 35

PARIS.

Tous droits de reproduction réservés.

LES
GRANDES VACANCES

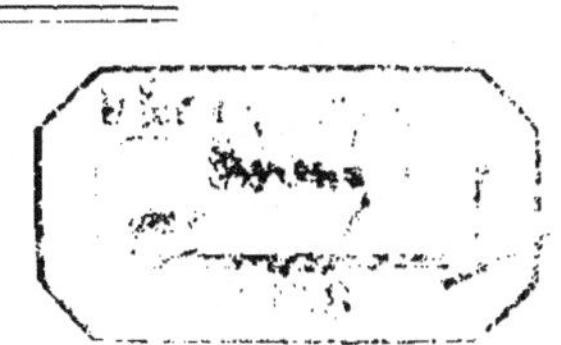

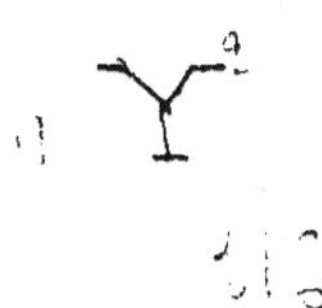

LES GRANDES VACANCES

PAR

STANISLAS

EDMOND LEROY

IMPRIMEUR ÉDITEUR

RUE DE L'ARBRE-SEC Nº 35

PARIS.

PRÉFACE

A MES ENFANTS

Mes chers enfants, je vous dédie ce premier livre ; il m'a été inspiré par le spectacle de vos jeux et par le désir de fortifier en vous les sentiments de mutuelle affection qui vous animent ;

Sans méconnaitre les charmes et la nécessité des relations sociales, sans vouloir critiquer des œuvres remarquables où l'imagination de la jeunesse trouve un aliment si séduisant à ses instincts pour le merveilleux,

Qu'il me soit permis de placer au premier rang des conditions du bonheur l'union fraternelle ; maintenez toujours serrés ces liens du cœur qui ont pris naissance dans une éducation commune, et dans les jeux partagés du premier âge ;

J'ai voulu vous montrer que ces jeux, ces plaisirs simples et tout ordinaires, grandissant pour ainsi dire avec vous, et se transformant d'eux-mêmes au cours des années, procurent aussi des satisfactions agréables et réelles, et contribuent à entretenir les liens précieux de la famille.

Ces modestes essais, récits d'un père à ses enfants, seront accueillis, je l'espère, avec indulgence,

Et ne seront point taxés de prétention pour être datés d'un village aujourd'hui noyé dans la Grande Ville mais immortalisé par le souvenir des plus beaux noms de la littérature française.

Auteuil-Paris ce 1ᵉʳ Avril 1878.

STANISLAS.

I.

LES GRANDES VACANCES, SUCCÈS OBTENUS A LA DISTRIBUTION DES PRIX, DÉLIBÉRATION SUR LE CHOIX DE LA RÉCOMPENSE

Les grandes vacances, cette éternité de plaisirs qu'on rêve chaque année pendant un long siècle de dix mois, venaient de s'ouvrir ! On avait aspiré à cet heureux moment avec plus d'ardeur encore que les années précédentes ; Père avait promis une récompense commune qui serait soumise au choix de tous si chacun l'avait méritée par une application et des efforts soutenus pendant tout le cours de l'année ;

Les succès obtenus à la distribution des prix au couvent et au collége prouvaient que chacun avait consciencieusement travaillé suivant ses moyens et ses aptitudes :

Marie, grande élève de la deuxième classe, rapportait un premier prix de Littérature et de Style, un second prix d'Arithmétique, un second prix d'Orthographe, et un accessit d'Ouvrage à l'aiguille ;

Edmond montrait avec orgueil un premier prix de Gymnastique, un second prix d'Arithmétique et un accessit d'Histoire obtenus en sixième ;

Julien, ne cachait pas sa satisfaction d'avoir en septième, comme toujours, remporté un premier prix d'Ecriture, un premier prix de Récitation, et un accessit de Gymnastique ;

Henriette ne pouvait se séparer de la couronne de laurier dont la bonne sœur de la neuvième classe avait accompagné son prix de Bons Points ;

Victor, un vétéran de la classe préparatoire, portait fièrement sous son bras son prix de lecture dont il n'aimait pas plus à se séparer qu'un ministre de son portefeuille.

M. Lebel se reconnut tout de suite débiteur envers ses enfants de la récompense promise ; il les appela donc tous autour de lui dès le premier jour des vacances et leur dit :

« Mes chers enfants, vous avez bien travaillé pendant l'année qui vient de finir ; je suis heureux d'avoir à m'acquitter envers vous de cette dette ; je vous ai promis pour ces vacances une récompense commune et choisie par vous tous,

Que désirez-vous ? »

Les enfants, qui étaient accourus près de leur père gais et palpitants d'espérance, devinrent tout à coup songeurs, presque désappointés à cette question ;

Ils n'étaient pas, en effet, dans l'âge où l'on se décide par soi-même à quelquechose, même à un jeu ; il leur semblait qu'ils perdaient tout le plaisir en perdant l'imprévu et la surprise de la récompense.

Marie et Edmond avaient envie de pleurer ;

Julien et Henriette paraissaient ne pas comprendre et regardaient fixement Père comme pour demander explication ;

Victor ouvrait démésurement les yeux et la bouche dans l'attitude de la stupéfaction.

Père comprit leur trouble ; « Nous allons chercher ensemble la réponse à ma question, leur dit-il, comment voulez-vous que nous employions vos vacances ? »

« Moi, je voudrais faire un grand voyage, répondit Edmond ; »

« Oui, ajouta Julien, allons voir la mer »

« Je m'étais promis, continua Marie, de préparer avec Henriette les costumes de rois et de reines pour les pièces de théâtre que nous devions jouer entre nous ; »

« J'aime mieux rester avec Marie, fit Henriette, et puis,
en voyage je ne pourrais pas emporter mes quinze poupées ;
il faudrait payer leurs places : on est mieux chez nous où on a
toutes ses affaires. »

« Si on emportait tous ses joujoux ! s'écrie Victor ; moi,
je prends mon cerceau, ma balle, mes billes, mon cheval, ma
chèvre, ma voiture......»

« Quel déménagement, répond Marie, autant emporter
la maison. »

« Ce serait bien plus agréable, poursuit Henriette, si la
maison changeait de place comme un wagon ou un tramway. »

M. Lebel reprit alors : « Henriette a raison : et puisque
votre choix a besoin d'être guidé, je vous ferai la proposition
suivante :

« Je vais louer pour nous seuls un des bateaux de moyenne
grandeur de la compagnie des bateaux omnibus ; nous nous y
installerons avec la vieille Marguerite comme bonne, et nous
voyagerons ainsi pendant un mois ;

« De cette manière les vœux de tous seront satisfaits,

« Ceux d'Edmond et de Julien qui désirent voir des villes
nouvelles, des paysages variés, des contrées inconnues ;

« Et ceux de Marie et d'Henriette qui rêvent d'habiter une
maison qui change de place et qui marche toute seule ;

« Nous savons d'avance que si vous acceptez cette proposition tous les quatre, Victor se rangera sans nul doute à l'avis
de la majorité ;

« Acceptez-vous ? »

« Oui, oui, » s'écrièrent à l'unanimité tous les enfants, bondissant de joie, y compris Victor qui n'avait même pas attendu
qu'on lui demandât son adhésion ;

« Eh bien, continua M. Lebel, la journée de demain sera
consacrée aux préparatifs de départ ;

« Après-demain, on emménagera dans le bateau, et le jour d'ensuite, dès l'aube, nous levons l'ancre. »

——— ——   — ———

II.

LE BATEAU N° 36. — L'ÉQUIPAGE.
LES PRÉPARATIFS.

——•‹•——

Le lendemain, le bateau N° 36 de la compagnie des bateaux omnibus, loué pour la circonstance avec son équipage, se balançait amarré à un ponton spécial en face de l'habitation de M. Lebel ;

Le petit drapeau rouge et blanc qui flottait à l'avant indiquait son affectation momentanée à un service particulier ;

On visita dès le matin en famille la maison flottante qu'on allait bientôt habiter, afin de se régler et de se fixer sur les préparatifs d'emménagement ;

On fit connaissance avec l'équipage ; il se composait de deux hommes :

Le mécanicien, que Victor avait tout d'abord surnommé le *Cuisinier* en le voyant près de sa machine occupé à frotter les pièces d'acier et de cuivre reluisantes comme celles du fourneau de la cuisine de mère ;

Et le pilote ou timonier, *Lislanné*, un vieux loup de mer en retraite, au teint noirci par l'air salé de l'océan et le soleil brûlant des tropiques, qui avait failli se pâmer de joie au surnom de cuisinier si bien appliqué par Victor à son camarade le mécanicien ;

C'était une vengeance qu'il méditait depuis dix ans ; mais,

les sobriquets, pour durer, doivent jaillir naturellement comme une exclamation sans être cherchés ni préparés ; et par cela même qu'il cherchait le timonier ne trouvait pas.

Il raconta les circonstances dans lesquelles son camarade le mécanicien l'avait baptisé du nom de Listanné : C'était en 18.... un groupe de matelots du Magenta causaient en fumant la pipe et en chiquant assis en rond sur le pont du vaisseau ; chacun parlait de son pays, quand l'un des camarades de notre timonier déjà hâlé et bruni par ses voyages, lui frappant amicalement sur l'épaule : « Et toi, ma vieille, es-tu un blanc noirci, ou un nègre blanchi ? » « moi, un nègre ! j'étais dans mon enfance, blanc comme un lis ! »

« Un lis tanné, alors, s'était écrié le mécanicien, un lis tanné par l'eau de mer et le soleil comme le cuir par le tan ! »

Le mot avait paru si juste qu'il avait remplacé le vrai nom de notre marin, et fut même le seul sous lequel on le connut dans la suite.

Après cette visite, chacun se mit activement à ses préparatifs ; M. Lebel resta jusqu'au soir sur le bateau avec le menuisier pour faire exécuter les distributions intérieures et appropriations nécessaires.

Mad. Lebel, en bonne ménagère et femme prévoyante, songea à tous les objets nécessaires en meubles, literie, linge, ustensiles de cuisine, etc., etc.

Marie fit une provision abondante de papiers de toutes couleurs, papiers dorés, argentés, feuilles de carton, gomme, colle forte, fil, ficelles, aiguilles ; elle prit aussi le **Theâtre de Racine en tableaux**, ouvrage récemment publié et que son père lui avait donné.

Henriette eut fort à faire avec la malle et le trousseau de ses quinze poupées.

Edmond et Julien s'occupèrent de rassembler tous leurs

engins de pêche, leurs filets, leurs lignes, leurs armes de chasse.

Victor courait de l'un à l'autre offrant partout son aide, sans toutefois perdre de vue son prix qu'il se promettait bien d'emporter.

Le lendemain on transporta au bateau tous les objets préparés, et après une inspection minutieuse de M. et Mad. Lebel qui confièrent pour cette première nuit la garde de l'appartement nouveau à la vieille Marguerite et au pilote,

On se livra au repos ;

Les enfants se couchèrent de bonne heure afin d'être prêts à se lever dès le jour naissant ; pour être tout de suite à demain, comme disait Victor, ils s'endormirent tous bien vite, le sourire aux lèvres et le cœur agité des espérances et des émotions que procure l'approche d'un plaisir ardemment désiré.

III.

LE DÉPART. — L'INSTALLATION.

Les premiers rayons d'un beau soleil d'été baignaient de leur fraîche lumière la façade de la maison de M. Lebel, au moment où toute la famille en sortait pour se rendre au bateau.

Victor et Henriette ouvraient la marche, le premier portant son prix serré sous son bras droit et sur l'autre bras, son cerceau, sa chèvre et son ballon ; Henriette, chargée de ses poupées préférées qu'elle abritait avec une ombrelle pour les garantir des taches de rousseur ;

Edmond et Julien venaient ensuite, guêtrés en chasseurs, et armés de leurs fusils et de leurs cannes à pêche.

Marie tenait à la main son sac à ouvrage et donnait le bras à sa mère qui s'entretenait avec M. Lebel en souriant et en regardant la petite troupe ;

Tout le monde attendait à son poste sur **le Joyeux** (c'est le nom qu'on avait donné au bateau). En y mettant le pied le dernier, M. Lebel fit signe au timonier qui transmit par le porte-voix au mécanicien le commandement « En avant ! »

Le bateau s'éloigna lentement du rivage, prit sa route au large, et descendit le fleuve en lançant dans l'air sonore du matin les épais flocons de son panache de vapeur blanche.

M. Lebel avait recommandé à Listanné de régler la vitesse de manière à éviter la trépidation désagréable que produit la marche rapide et précipitée de la machine ; c'est pour cette raison, et aussi à cause des entraves momentanées apportées à la navigation par les travaux de canalisation entrepris dans la Basse Seine, que l'on verra le voyage dont nous nous occupons, subir des retards et des irrégularités inexplicables en temps ordinaire.

Pendant que le Joyeux serpentait sur le cours sinueux du fleuve au milieu des sites connus des environs de Paris, Meudon, St. Cloud, Asnières, Argenteuil, nos passagers employaient les premières heures de leur séjour à bord à l'installation définitive du ménage ;

On connait la distribution intérieure du bateau N° 36.

Il comprend :

Un cabine à l'arrière, à laquelle on descend par un double escalier contournant l'extrémité cylindrique de la chambre de la machine ;

Une cabine à l'avant ou salon, communiquant avec le pont par deux escaliers ;

Et une troisième cabine, sous le pont même, plus basse de quelques marches que la précédente, éclairée par trois petites fenêtres ovales ouvertes de chaque côté dans les flancs du bateau, et ayant son entrée par une petite porte ménagée dans le salon entre les deux escaliers.

La cabine d'arrière avait été divisée dans le sens de sa longueur par une cloison en planches revêtue de zinc ; la moitié de droite, formait l'appartement de Listanné et du cuisinier ; la moitié de gauche comprenant au fond une alcôve fermée pour la vieille Marguerite, était disposée du côté de l'entrée en cuisine avec fourneau, batterie et tous les accessoires nécessaires ; on avait eu l'attention de conduire la fumée du fourneau par un tuyau coudé dans la cheminée de la machine, par égard pour le tein délicat de Listanné que son devoir attachait presque tout le jour à son banc de quart la barre à la main audessus de cette cabine.

La position tranquille et retirée de la cabine du fond l'avait tout de suite désignée au choix de Mad. Lebel comme chambre à coucher ; de larges matelas placés à droite et à gauche au lieu des banquettes et des coffres qui s'y trouvaient composèrent deux lits confortables, l'un pour Mad. Lebel et Marie, l'autre pour Henriette et Victor.

Une petite table fut placée au fond, entre les deux lits ; une toilette et deux chaises au bout de chaque lit complétèrent l'ameublement de cette pièce, et une double portière de rideaux très épais glissant à volonté sur deux tringles, en fermèrent l'entrée.

Marie et Henriette qui avaient entendu des récits de voyages sur mer, dressèrent au dessus de la table du fond, en le clouant à la boiserie, leur petit autel de la Sainte Vierge ;

pour obtenir de cette protectrice des navigateurs une traversée heureuse, elles firent vœu de la revêtir à leur retour
d'une couronne dorée et d'un long voile neuf brodé à la main ;
Marie en avait préparé l'étoffe et le dessin.

Pour finir avec la chambre à coucher, disons tout de
suite, chose importante, que Mad. Lebel avait été heureuse
d'y découvrir à droite et à gauche de la porte et entre les
deux lits, trois profonds placards qu'elle emplit de linge,
et d'une quantité de choses utiles.

La cabine d'avant, garnie de ses deux banquettes latérales
en guise de canapés, d'un long et moelleux tapis de pied taillé
à la forme du plancher, et ornée d'une table ovale placée dans
le bout opposé à la chambre, de deux chaises en tapisserie, et
d'une lampe à suspension se balançant au plafond audessus
de la table, cette cabine devint tout naturellement le salon ;

C'est là que M. Lebel, Edmond et Julien résolurent de
passer toutes les nuits qu'ils coucheraient à bord, comme de
vrais matelots, sur des hamacs tendus en travers de la cabine.

On avait déployé devant les deux entrées du salon et
audessus de toute la partie du pont qui correspondait au
plafond de la chambre à coucher, une vaste tente en toile
très-forte, imperméable, se rabattant à volonté de tous côtés,
de manière à former au besoin un espace entièrement abrité ;
ce fut la salle à manger.

Pour que rien ne manquât à l'habitation, on avait avec
des caisses d'arbustes et des pots de fleurs, improvisé autour
de la cheminée de la machine un véritable parterre ;

C'est autour de ce jardin qu'il fut permis à Victor de
faire rouler son cerceau.

La niche de Médor, un chien qui a peur de l'eau, était
dissimulée derrière une caisse d'arbustes.

IV.

LE DÉJEUNER A BORD -- L'ITINÉRAIRE

La vieille Marguerite annonça que le déjeuner était servi, au moment même où tous les rangements venaient d'être terminés ; on se rendit de bon cœur à son appel. M. Lebel ordonna de jeter l'ancre, et la famille se réunit sous la tente.

Le calme et la douceur de l'atmosphère avaient permis de lever la toile de tous côtés, en sorte que sur la nappe blanche où brillait le cristal des verres, les rayons du soleil réfléchis par le miroir mobile de la rivière scintillaient aux yeux des convives et les invitaient à la gaieté.

Le spectacle du paysage environnant ajoutait encore un nouveau charme à cette salle à manger où les importuns n'étaient pas à craindre ; on se trouvait en vue de la terrasse de Saint Germain ; de toutes parts les collines riveraines de la Seine offraient aux regards, semés comme au hasard sur des nids de verdure, des villas pittoresques aux murs blancs, aux toits rouges, aux volets bleus ou verts.

D'ailleurs, l'air excitant de la longue matinée eut suffi à lui seul pour mettre nos convives en belle humeur et pour ajouter aux mets préparés par la vieille Marguerite un goût exquis et succulent qui eut fait rougir Lycurgue en face du brouet noir.

Le déjeuner ne fut pas triste, comme on le pense ; rien n'est vivant, animé, plein d'entrain, comme ce premier acte d'une partie de campagne ; chacun y apporte sa volonté d'être

gai et de partager la gaieté des autres ; du concours de tous
ces sentiments nait un courant irrésistible de joyeuse sym-
pathie.

Au dessert, Victor voulut se faire l'interprète de tous
auprès du cuisinier : il alla trouver le mécanicien qu'il per-
sistait à croire l'auteur des mets dont il avait savouré sa
bonne part, et lui dit qu'il avait bien fait la cuisine ; ce
dernier, qui gardait un peu rancune à l'auteur de son sobri-
quet, lui répondit un peu rudement en montrant ses mains
et sa figure déjà noircies par le charbon : « veux-tu que je
t'apprenne à faire ma cuisine ? »

Le pauvre petit Victor tout décontenancé accourut en
pleurant vers Mère qui lui expliqua son erreur ; « je vais te
montrer, lui dit elle, que ce n'est pas celui que tu appelles
le cuisinier, mais Marguerite, qui prépare les repas ! » en
même temps, elle donnait à celle-ci ses instructions pour le
diner : « vous ferez cuire telle soupe avec tels légumes ; vous
irez chercher un gigot chez le rôtisseur de la rue ..... » à
ces mots, un rire général, quoique respectueux, interrompit
Mad. Lebel à qui son mari rappela qu'elle n'était pas dans
sa chère maison.

Cette circonstance rasséréna Victor et lui fit oublier son
chagrin ; il se mit à agacer Médor en lui tendant des os suc-
culents qu'il lançait ensuite à l'eau.

Mad. Lebel allait donner le signal de quitter la table,
quand Marie pensa et s'écria « mais où allons nous ? «

Cette question que les enfants dans leur insouciance
n'avaient pas formulée et ne s'étaient pas faite à eux mêmes
fut le signal d'une attention et d'une silence subits aux
quels Charles lui même participa :

« Nous allons chez Bon papa, répondit M. Lebel ; »

« Comment pouvons nous aller chez Bon papa en bateau.

dit Henriette qui avait toujours pris pour faire ce voyage le chemin de fer de Dreux à la gare Montparnasse et n'avait jamais vu le long de la route que des champs de blé et des plaines de betteraves ? »

« Vous savez que la rivière d'Eure coule à peu de distance de Rondbourg où demeure Bon papa ; c'est juste un peu plus bas que cette ville que l'Eure commence à être navigable pour les bateaux peu chargés : et Edmond a vu dans sa géographie que l'Eure se jette dans la Seine.

Nous passerons de la Seine dans l'Eure que nous remonterons jusqu'au point où elle pourra porter notre bateau. »

« Mais, dit Julien avec effroi, si l'Eure se jette dans la Seine, elle tombera sur nous et nous mouillera. »

« Tranquillise-toi, répondit M. Lebel, l'expression qu'une rivière se jette dans un fleuve ne signifie pas qu'elle y tombe comme une cascade ; c'est une manière énergique de dire que les eaux de cette rivière se confondent avec celles de ce fleuve pour y être mêlées et lui appartenir à partir de cet endroit appelé **Confluent.**

Je vous ferai voir cette après midi un confluent, à Conflans où l'Oise se jette dans la Seine.

Pour achever de vous indiquer notre itinéraire j'ajouterai qu'après avoir fait visite à Bon papa et Bonne maman nous redescendrons à la Seine et nous la suivrons jusqu'à Rouen et le Havre.

Nous verrons la mer, nous visiterons la ville et nous reviendrons par la même voie.

V.

CONVERSATION SUR UNE QUESTION
DE GÉOGRAPHIE ET DE MINÉRALOGIE.
LA PREMIÈRE NUIT A BORD.

Après s'être promené quelque temps sur le pont pendant que les enfants jouaient entre eux et avec Médor, M. Lebel donna le signal du départ; Listanné et le Cuisinier qui avaient pris leur repas en plein air sur le banc du timonier, levèrent l'ancre, puis se rendirent à leur poste respectif et le bateau continua sa marche.

M. Lebel fit admirer à ses enfants le tableau changeant qui de chaque côté se déroulait à leurs yeux et les réunit ensuite au salon.

D'après son avis ils commencèrent en commun l'étude amusante qui devait pendant le voyage remplir tous les moments d'inactivité : celle des rôles et des costumes des personnages figurant aux principales pièces du théâtre de Racine, d'après les tableaux joints au livre que Marie avait apporté ;

l'auteur, que l'amour de l'enfance inspirait dans tous ses *essais destinés à faciliter l'éducation et l'enseignement*, avait divisé son livre en trois exercices gradués ;

La *première partie* était consacrée aux simples tableaux ; les personnages, costumés, groupés et posés suivant la signification principale de chaque scène, mais immobiles comme des statues, rappelaient par cette succession de tableaux les diverses phases de l'action de la pièce.

Dans la *deuxième partie*, les mêmes personnages étaient toujours muets, mais l'auteur avait indiqué par quels mouvements, quels gestes, quels changements de maintien les divers personnages caractériseraient dans chaque scène les sentiments et l'action de leur rôle.

Enfin, dans la *troisième partie*, des extraits brefs du texte même, soigneusement choisis pour être appris par cœur et récités, complétaient le jeu des acteurs en leur permettant de représenter réellement, quoiqu'en abrégé, la pièce proposée.

L'instruction et le texte particuliers à chacune des scènes étaient accompagnés d'une gravure d'ensemble coloriée, et si les détails du costume l'exigeaient, de planches complémentaires consacrées aux différentes parties du costume.

L'examen de ce livre intéressait vivement les enfants, et le timonier signala Conflans avant qu'on l'eut parcouru en entier.

L'ancre fut jetée ; la chaloupe fut mise à l'eau ; toute la famille y descendit accompagnée de la vieille Marguerite et aborda sur la berge à l'un des angles formés par la jonction des rivières.

Le goûter que Marguerite avait apporté dans un panier fut servi sur l'herbe au milieu des pâquerettes blanches et des clochettes bleues ; tout le monde y fit honneur assis en rond tout autour sur la prairie, au grand plaisir d'Edmond marcheur intrépide pour qui la terre était l'élément préféré.

On cueillit sur les bords de l'Oise un gros bouquet de fleurs champêtres, et M. Lebel fit lire pour ainsi dire dans le grand livre de la nature à ses enfants la définition d'un *confluent*, en appelant leurs regards sur le point où les eaux de l'Oise se réunissaient à celles de la Seine.

« C'est cela un *confluent* comme dans la géographie, dit

Julien, je croyais que c'était bien plus drôle, et que cela ne se voyait que dans les pays étrangers. »

« Les phénomènes de la nature, reprit M. Lebel, se voient partout et sont aussi intéressants à étudier à côté de nous que dans les pays lointains ;

« Nous avons le tort de ne pas remarquer ni admirer les choses dignes de notre étude qui se présentent chaque jour sous nos yeux ; plus une chose est éloignée plus nous la croyons merveilleuse.

« Je pourrais ici même, dans les environs de cette ville que vous avez devant les yeux, si nous disposions de plus de temps, vous faire admirer des grottes de stalactites...... »

A ce mot, Victor ouvrit deux yeux démesurément grands qui témoignaient d'un étonnement voisin de l'effroi.

« Mais, il est temps de reprendre notre route, je vous continuerai ma conférence de minéralogie sur le bateau, »

On y revint en quelques coups d'aviron ; la chaloupe fut hissée à l'arrière, et M. Lebel cria : « allons, Listanné, quand vous voudrez, et arrêtez-nous à Mantes où nous coucherons. »

Les enfants s. pressèrent dans le salon, autour de leur père, avides d'entendre l'histoire des stalactites.

« Il existe, poursuivit M. Lebel, sur différents points du globe, des grottes ou cavernes souterraines dont les voûtes sont ornées d'aiguilles plus ou moins longues et plus ou moins épaisses de pierre ou de cristal naturel descendant quelques fois jusqu'à terre et formant alors de véritables colonnes ; ces aiguilles ou colonnes se nomment des stalactites.

« Elles sont généralement formées par l'écoulement séculaire au même point de gouttes d'eaux minérales qui y laissent les unes sur les autres avant de tomber, le dépôt d'une partie des sels minéraux qu'elles tiennent en dissolution.

« Les fontaines pétrifiantes doivent au même phénomène la propriété qu'elles possèdent de changer, comme on dit vulgairement, en pierre, les objets qui y tombent ou qu'on y dépose ;

« Il existe, et je vous mènerai voir quelque jour aux environs de Rondbourg, des sources d'eaux minérales de cette nature...... «

« Heureusement que Médor n'aime pas l'eau, s'écria Victor ; s'il s'y jetait il serait changé en pierre ! »

« Ce danger-là ne serait pas à craindre, reprit M. Lebel ; ici encore, l'expression est figurée et dit plus que la réalité. Le contact de cette eau n'a pas la puissance comme la baguette d'une fée, de métamorphoser en pierre les objets qu'elle touche ; mais cette eau, contenant en dissolution de petites parcelles minérales, de petits grains d'une espèce de sel, des petites pierres si vous voulez, en très-grande abondance et si fines que l'œil ne peut les apercevoir, introduit ces petites pierres en y pénétrant elle même dans toutes les parties des corps qui y sont plongés, et peu à peu les y dépose en couches plus ou moins épaisses, suivant la richesse de l'eau et le temps du séjour dans la fontaine ;

« Pour employer une comparaison à la portée des plus jeunes d'entre vous, lorsque vous mettez des morceaux de sucre dans un verre d'eau, ils y fondent et y disparaissent sans que la limpidité de l'eau en semble troublée ; laissez séjourner dans cette eau sucrée pendant le temps et dans des conditions convenables des fruits mûrs, des marrons cuits ; ces fruits et ces marrons seront glacés, c'est à dire pénétrés et recouverts intérieurement et extérieurement de petits grains de sucre que l'eau y aura déposés et introduits.

« C'est le même phénomène qui se produit dans les

fontaines pétrifiantes; seulement, au lieu de sucre, l'eau con-
tient en dissolution des sels minéraux.»

On se remit ensuite à l'examen des costumes du théâtre de
Racine, et l'on discuta sur la distribution des rôles d'Esther.

Le soleil commençait à baisser; on dîna dans le salon
pour éviter les inconvénients de l'air frais du soir, et de la
brume qui, dans l'arrière-saison, s'élève au-dessus des eaux.

On arriva à la nuit tombante à *Mantes-la-Jolie*. On jeta
l'ancre à quelques mètres du rivage; on plaça un fanal à
chacun des deux bouts du bateau pour éviter des abordages
et des chocs; et après cette première journée si bien remplie
chacun fut heureux de compléter l'inauguration de la demeure
flottante, en y commençant la première nuit.

VI.

LES HAMACS NE SONT PAS CAPITONNÉS
LA RIVIÈRE D'EURE. — L'ALERTE.

On se réveilla tard le lendemain matin; Listanné et le
Cuisinier avaient eu la permission de descendre à terre les premiers: quand ils revinrent, la garde du bateau leur fut con-
fiée, et tous les passagers firent à travers la ville où Mad.
Lebel renouvela les provisions de bouche, une promenade
nécessaire pour délier les membres un peu engourdis de nos
amateurs de hamacs;

Dans leur inexpérience, ils n'avaient pas pris la précaution de ramener tout autour d'eux en plis épais la couver-
ture qui les enveloppait.

Julien se plaignait de se sentir comme un treillage sur
le dos; les nœuds et les mailles du hamac avaient en effet laissé
leur empreinte qu'effaça bientôt la circulation du sang activée
par la marche.

Mad. Lebel offrit pour les nuits suivantes, d'étendre
sur le tapis du salon un matelas, où les moins robustes pour-
raient alternativement se livrer à la manière habituelle de
dormir.

On partit après le déjeuner qui eut lieu sur le pont.

Marie, qui étudiait le dessin de paysage, indiquait à sa
mère les points de vue qu'elle remarquait pendant le trajet,
et dont elle eut volontiers pris le croquis, s'il avait été possible
de s'arrêter;

La Seine présente, en effet, dans cette partie de son
cours, une suite variée de sites pittoresques: le rivage de
gauche s'élève en collines boisées, dont le versant est animé
par le passage continuel des trains de chemin de fer;

A droite, le fleuve est bordé de pâturages verdoyants
parsemés de troupeaux de vaches à la démarche lente, et de
jeunes chevaux bondissant en liberté entre des enclos de haies.

Edmond et Julien, moins portés à la poésie que leur
sœur, pêchèrent à la ligne, mais sans grand succès;

Henriette et Victor, avec la permission de mère, jouè-
rent tranquillement à la poupée sous un petit berceau formé
par les caisses d'arbustes rapprochées les unes des autres ;

Bientôt, les collines de la rive gauche s'abaissèrent, et
l'Eure à son confluent avec la Seine, se présenta large et
majestueuse comme un véritable fleuve.

« Qu'elle est belle ! s'écria Edmond, fier de tout ce qui
se rattachait de près ou de loin à sa famille ; c'est là la petite
rivière dans laquelle je prends, près de la maison de Félix et
même chez Bon papa des écrevisses à la main, et que je tra-

verse sur une petite digue faite en un moment de pierres rassemblées dans son lit ! mais notre chère rivière est ici aussi profonde et aussi large que la Seine ; l'eau en est encore plus belle, elle a un reflet bleu qui la fait rassembler à du cristal ! »

« Mon cher Edmond, répondit M. Lebel, j'aime à te voir cette affection pour tout ce qui te rappelle ta famille ; l'amour des parents et du village est le commencement du patriotisme.

« Du reste, ton admiration pour la rivière d'Eure a été partagée par un personnage auguste ; le grand roi Louis XIV voulait l'amener au château de Versailles ; on avait même, sous son règne commencé pour en détourner le cours, des travaux qui n'ont pas été achevés et dont il reste des traces dans l'écluse de Pontgouin, les rivières neuves et les terrasses de Courville et Maintenon, et dans le monument connu sous le nom d'Aqueduc, ornement du parc de cette petite ville… »

« Alors, si les travaux avaient été finis, nous aurions été avec notre bateau sur les aqueducs de Maintenon ? demanda Julien. »

« Non, mon cher ami, la rivière au point où on la prenait, n'est pas éloignée de sa source ; c'est encore un petit ruisseau qui glisse sur le sable des vallées et sur le tapis des prairies, et dont le filet d'eau murmurante ne pourrait porter aucun bateau. Le Joyeux malgré sa légèreté et son peu de chargement n'ira même pas jusqu'à Rondbourg. »

Pont de l'Arche, Louviers, furent traversés sans qu'on s'y arrêtât ; au moment où le timonier annonça qu'il n'était plus possible d'avancer faute de profondeur suffisante, la nuit tombait ; Tout le monde était resté sur le pont, les enfants soudaient d'un regard impatient les plaines environnantes espérant y découvrir les maisons de Rondbourg ; mais le village, distant de quelques kilomètres était caché par une ondulation de terrain et ils n'eurent pas le plaisir de l'apercevoir.

On amara le bateau à quelques mètres du rivage à l'aide de câbles, et l'on convint de se rendre à pied le lendemain chez Bon papa qui attendait la famille pour déjeuner ;

La soirée fut occupée tout entière par un nouvel examen du théâtre de Racine, et principalement des pièces d'Esther et d'Athalie ; le premier projet de distribution des rôles donna lieu à une vive discussion :

Le personnage d'Assuérus était difficile, en égard à l'âge respectif des acteurs ; on ne pouvait le donner à Edmond qui n'aurait pas eu en face de Marie la majesté nécessaire à son rôle.

Si le rôle d'Esther qui semblait appartenir à Marie était offert à Henriette, autre difficulté : Henriette voulait bien être la reine avec une belle couronne et un long manteau traînant, mais elle refusait absolument de se trouver mal et de tomber en défaillance, même pour rire.

On se coucha fort tard sans avoir rien décidé.

Tous les habitants du Joyeux dormaient encore au milieu du calme et du silence les plus complets ; la veilleuse combattait avec peine de sa clarté mourante l'obscurité qu'entretenaient dans le salon et la chambre les épais rideaux partout fermés.

Tout à coup, un vacarme étrange, des rugissements sauvages, des trépignements répétés sur le pont et des voix d'hommes, réveillent tout le monde en sursaut.

Des cris plaintifs, le choc de corps roulant au-dessus de la chambre, ajoutent à la terreur d'un brusque réveil en pleine nuit.

Pendant que M. Lebel s'apprêtait à sortir du salon, Hen-

riette remise de sa première frayeur et se trouvant à l'abri
au fond de la chambre, se hasarda à entrouvrir le rideau de
sa petite fenêtre ; soudain un amical rayon de soleil illumina
la pièce, et, anxieuses encore quoique enhardies par le jour,
trois petites têtes roses se montrèrent, encadrées dans l'ovale
des fenêtres du côté du rivage ;

« Félix ! c'est Félix ! ! »

VII.

RONDBOURG, — SOUVENIRS D'ENFANCE.
LA PÊCHE AUX ÉCREVISSES.

C'était Félix, en effet, le cousin de nos enfants, qui,
envoyé par Bon papa, venait au devant des voyageurs ; il
avait suivi la rivière accompagné de son gros Terre neuve,
Tom, un bon chien, qui ne craint pas l'eau ; arrivé devant le
bateau, ce vieux chien bien connu de tous, avait senti des
amis et s'était jeté à la nage pour aller les trouver.

Il avait facilement grimpé sur le pont où Médor jusque
là silencieux l'accueillit par des aboiements terribles plutôt
en signe d'alarme que par provocation ;

Tom avait sauté sur le braillard et l'avait terrassé.

Félix, du rivage, et Listanné de sa cabine, avaient mêlé
leurs cris aux aboiements des chiens pour les séparer ; de là
le vacarme dont on avait été si fort effrayé et dont on rit
ensuite de bon cœur.

Chacun s'empressa de se lever pour recevoir le visiteur
que Listanné alla prendre dans la chaloupe.

On lui fit les honneurs de la maison, et tous se mirent bientôt en marche avec lui pour Rondbourg, laissant le bateau à la garde fidèle de son équipage.

La société joyeuse suivit à travers les champs et les prairies, les sentiers et les chemins verts familiers à Félix et qui abrégeaient la route un peu longue pour Mad. Lebel et le petit Victor ; Henriette, malgré ses goûts sédentaires, était bonne marcheuse ; quant aux grands garçons, la course n'était pour eux qu'une promenade.

Mad. Lebel donnait le bras à son mari.

Pour soulager Victor, Félix essaya d'abord de le mettre à cheval sur Tom, mais après avoir été déposé deux ou trois fois sur le gazon par son coursier vagabond et indocile, Victor renonça à ce mode de voyage.

Son père, aidé tour à tour de Marie et d'Edmond, le porta alors une partie du chemin assis sur sa canne à la Reine en France.

Il voulut à la fin marcher à pied comme les autres.

Les enfants rirent beaucoup des exercices de Tom : Félix le faisait rapporter sa canne, son chapeau et la balle de Julien ; il le fit même, comme au cirque, sauter à travers le cerceau de Victor.

La représentation se termina par une scène comique dont Tom fut encore l'acteur malheureux à la grande joie de la jeune assistance ; Félix lui lança le cerceau à rapporter ; il courut le saisir ; mais il le tenait de telle façon pour revenir qu'à chaque pas ses pattes de derrière s'embarrassaient et qu'il tombait sur le museau.

Bon papa et Bonne maman qui avaient de loin entendu les cris de joie de tout leur petit monde aimé, attendaient sur le pas de la porte ; quand on fut en vue de la maison, tous s'élancèrent vers eux et furent accueillis avec des baisers et des larmes de joie qui témoignaient de la tendresse de ces bons parents.

Félix raconta pendant le déjeuner l'incident qui avait signalé leur arrivée au bateau, donna tous les détails de l'installation si originale, si commode et si agréable de nos amis, et finalement demanda l'autorisation d'accompagner ses cousins et cousines pour le reste du voyage. Bonne maman en l'absence de sa mère, crut pouvoir accorder cette permission dont tous la remercièrent avec transport.

Le départ avait été fixé au lendemain ; le reste de la journée fut employé consciencieusement ; Edmond se livra avec Julien à de nombreux exercices de gymnastique qui, après trois jours d'inaction corporelle, les reposèrent un peu, d'après leur expression.

M. Lebel, heureux et rajeuni à l'aspect des lieux qui lui rappelaient son enfance, courait et jouait avec ses enfants ; il leur montrait le coin de jardin que Bon papa lui concédait pour y planter des fleurs, des arbustes et surtout des haricots qui germent, poussent et verdissent à vue d'œil ; le buisson où il s'embusquait pour tirer sur les petits oiseaux avec son arbalète ; la berge de la rivière d'où il lançait, l'imprudent, les bateaux construits par ses propres mains et qui sombraient toujours avec lui ; la trogne de saule creuse et vermoulue couronnée de branches vertes, derrière laquelle il se cachait pour jeter l'épervier, dont le cercle menaçant surprenait rarement les alertes goujons ;

Et la haie de sureau si souvent mutilée de ses plus beaux rameaux creusés en cannonières ;

Et le champ découvert, accessible à tous les vents, d'où s'élevait dans les airs, avec toutes les pelotes de ficelles de Bonne maman, un cerf-volant artistement décoré ;

Et sa fraîche et simple petite chambre de jeune homme,

aux fenêtres encadrées de lierre et de clématite et ornées de
jalousies, d'où ses rêves et ses illusions de l'âge d'or avaient
si souvent pris leur vol.

Il organisa pour le soir une pêche aux écrevisses ; on
sait que dans cette pêche, j'en demande pardon aux gour-
mets, l'écrevisse n'est qu'un simple prétexte ; voici comment
on procède :

On choisit un beau clair de lune d'une douce soirée
d'été ; on se rend, grands parents, pères et mères, frères et
sœurs, cousins et cousines, dans une prairie dont l'herbe a
été fraîchement coupée ; puis on s'assied et l'on joue aux
petits jeux, ou bien on danse des rondes ; ensuite, on colla-
tionne avec des galettes et des fruits que l'on a apportés
dans un panier ; de temps en temps on va le plus silencieuse-
ment possible lever avec précaution les petits filets nommés
balances ou péchettes que les personnes les plus sérieuses de
la société ont eu la prévoyance de placer, en arrivant, dans
l'eau courante, au pied des arbres et derrière les buissons.

Quelquefois les écrevisses se laissent prendre à l'appât
des friandises dont les péchettes sont garnies ; quelquefois,
elles reculent à l'aspect du danger d'être rougies dans l'eau
bouillante, et ne se laissent pas prendre ; mais malgré cela,
c'est toujours une pêche heureuse ;

Ce soir-là, Bon papa lui même fut de cet avis, car on
rapporta des écrevisses.

La pêche et le jardinage formaient à Rondbourg l'occu-
pation principale de Bon papa ;

Il passait dans la paix de la campagne les années de
repos qui suivaient le long exercice d'une fonction honorable,
remplie avec le plus grand honneur au témoignage unanime
de ses contemporains et de ses successeurs.

C'est en vain que M. Lebel chercha à l'arracher quelques jours à ses plantes et à ses arbres ; Bon papa ne se laissa pas séduire par l'attrait jadis si puissant sur lui des voyages.

VIII.

ROUEN.

Le lendemain, à l'heure dite, le Joyeux descendait le cours de l'Eure portant un passager de plus ;

Félix n'eut pas de peine à se familiariser avec les habitudes du bord ; du reste, on ne tarda pas à arriver à Rouen.

On résolut de consacrer deux jours à la visite de cette grande ville et de ses environs les moins éloignés ;

Il fut convenu que par économie de temps on déjeunerait et l'on dinerait aux restaurants les plus rapprochés des quartiers ou des faubourgs où les hasards de la promenade auraient conduit les pas des visiteurs, et que l'on rentrerait seulement le soir au bateau.

Dès le jour même de l'arrivée, on gravit la butte Sainte Catherine, dont le sommet couronné de la gracieuse chapelle de *Notre-Dame de Bon secours*, domine la ville, le cours du fleuve, et les campagnes voisines ;

On parcourut ensuite les quais et le port sur la Seine où Victor, en voyant pour la première fois des navires à voiles, les prit pour des gymnastiques, à l'aspect des agrés, des échelles, et des cordages de toutes sortes qui garnissaient la mâture.

Les deux jours suivants, toute la société erra à travers

la ville et les faubourgs, les Messieurs grands et petits, armés de leurs cannes, et les Dames de leurs en-tout-cas ; Henriette, par un sentiment d'amour maternel bien compris, avait laissé à la maison toutes ses poupées chéries que de si longues promenades auraient pu fatiguer.

On vit la place où fut brûlée cette pauvre Jeanne d'Arc, victime héroïque de son amour pour la France, douce et gracieuse personnification du plus pur patriotisme ;

Les vieilles rues contemporaines de l'invasion Anglaise attirèrent l'attention de nos voyageurs, par leur maisons pointues dont les étages de bois s'avancent les uns sur les autres au dessus de la tête des passants, et occupent dans l'air un espace que le sol leur refuserait.

Nos ancêtres, plus modestes que les générations nouvelles n'osaient se présenter pour ainsi dire que de côté ; c'était même déjà, pour un bourgeois de Rouen ou de Paris, un grand honneur, d'avoir pignon sur rue ; la mode est aujourd'hui d'y développer une large façade.

Il faut avouer qu'à première vue, l'aspect d'une ville gagne à l'uniforme régularité des maisons bien alignées, d'une hauteur égale, d'une architecture semblable, dans des rues géométriquement droites dont on embrasse l'ensemble d'un coup d'œil.

Mais les constructions régulières, belles mêmes dans leur symétrie, paraissent communes à force de ressemblance ;

La distinction en tout, demande quelquechose d'original, de personnel.

Nos voyageurs ne firent pas tous les mêmes réflexions : M. Lebel pensa cela ; Mad. Lebel se dit qu'elle n'aimerait pas à habiter le dernier étage, perché comme un nid à l'extrémité d'une branche ; Marie, avec son goût pour le dessin, remarqua les sculptures qui ornaient toutes les fenêtres, tous les

angles, toutes les corniches de ces maisons au premier abord
si singulières, toutes différentes les unes des autres, et dont
la suite variée produisait l'effet le plus original.

Edmond et Julien émirent l'observation judicieuse qu'il
serait plus facile de grimper du bas au haut de ces maisons
si elles étaient retournées, attendu qu'elles formeraient alors
de véritables escaliers.

Quant à Victor et Henriette ils les trouvaient très-bien
comme elles étaient à la condition de placer dans le plancher
du dernier étage une petite fenêtre qui laisserait entrer le
jour par en bas et permettrait de voir les passants en regardant par terre.

C'est ainsi qu'à chaque pas les choses différentes de ce
qu'on avait vu jusqu'alors provoquaient de la part de chacun
des observations proportionnées à son âge et à la tournure
particulière de son esprit.

M. Lebel ne voulut pas quitter cette ville, l'une des plus
considérables de France par son industrie, sans visiter une
fabrique des environs ; il choisit une manufacture où le patron
avait réuni autour des ateliers mêmes, des maisons pour les
familles de ses nombreux ouvriers, une église et une école
à laquelle se rendaient chaque jour les jeunes enfants à qui
leur âge interdisait un travail continu.

Les heures d'école étaient donc pour eux une sorte de
repos pendant lequel ils recevaient le bienfait de l'instruction.

M. Lebel appela sur ce fait l'attention spéciale d'Edmond
qui croyait faire acte d'héroïsme en suivant les classes de sa
pension, et lui démontra que ce travail dont il avait quelquefois la faiblesse de se plaindre était considéré comme une
récréation pour les jeunes ouvriers.

On n'oublia pas, en quittant Rouen, d'emporter quel-
ques-uns des spécimens fort appréciés des enfants, de ce sucre

de pomme si renommé dont leur oncle à son dernier voyage
leur avait rapporté plusieurs bâtons.

IX.

DE ROUEN AU HAVRE.
L'ORAGE. — LISTANNÉ AIME L'EAU.
QUESTION DE GÉOMÉTRIE.

A partir de Rouen, la navigation de la Seine devient de
plus en plus active à mesure qu'on approche du Hâvre ; le
fleuve s'élargit, son onde sillonnée de nombreux bateaux, de
navires même, s'agite en petites vagues couronnées d'un
léger flocon d'écume ; cette animation, ce spectacle nouveau
pour nos passagers du mouvement d'un grand port retinrent
toute la famille sur le pont.

On admirait l'aspect majestueux de ces vaisseaux à voiles
qui s'avançaient, semblables de loin à des cignes gigantes-
ques fendant l'eau de leur poitrail blanc.

Le Joyeux qui dans sa course rapide croisait et dépassait
en s'essoufflant ces colosses à l'allure tranquille, paraissait
bien petit ; à Paris il tenait une place honorable au milieu
de ses sœurs les Hirondelles et les Mouches ; dans les bassins
du Hâvre on l'eut pris pour la simple chaloupe d'un de ces
bâtiments de haut bord qui naviguent sur toutes les mers.

On touchait au but du voyage, on allait arriver au
Hâvre, quand un orage prédit depuis le matin par Listanné
fondit tout à coup sur la Seine ; la température était accablante,
et sans le courant d'air léger qu'active toujours le mouvement

continu de l'eau, il n'eut pas été possible de se tenir hors des cabines. Un violent coup de tonnerre provoqua en un instant dans l'air des bourrasques et des tourbillons en sens divers qui amoncelèrent les nuages et firent succéder à la pureté et à la tranquillité de l'atmosphère, l'obscurité, le fracas de la foudre, le scintillement des éclairs et des torrents de pluie.

Listanné avait toute de suite arrêté le bateau dans une anse retirée du fleuve ;

La berge s'avançant en forme de promontoire brisait le courant, et un haut rideau de peupliers plantés sur la rive s'opposait à la fureur du vent.

Listanné avait eu soin, cependant, de ne pas s'approcher trop près de ces arbres dont le voisinage immédiat eut été dangereux.

Il crut de son devoir de rester à son poste, la main sur la barre de son gouvernail, pendant toute la durée de l'ouragan.

Au premier coup de tonnerre, la famille s'était réfugiée dans le salon dont toutes les portes et fenêtres avaient été fermées.

Les moins braves étaient descendus chercher l'ombre et le silence jusque dans la chambre à coucher ;

Henriette, ayant allumé deux petites bougies devant la Madone, s'était précipitée à genoux, et, les mains jointes, prononçait une fervente prière : « Sainte Vierge Marie, Etoile de la mer, protectrice des naufragés, sauvez-nous . . . . . . ; »

Au même moment un coup de tonnerre formidable retentit ; le bateau en frémit tout entier, et l'on entendit un long craquement suivi de la chute du plus beau des peupliers ; l'orage était fini ; un dernier coup de vent balaya l'atmosphère et le soleil resplendit de nouveau.

On s'empressa de remonter sur le pont ;

M. Lebel fit jeter l'ancre pour une demi-heure.

Tout le monde remercia Listanné de sa vaillante conduite et insista pour qu'il allât changer de vêtements ; il était tout ruisselant d'eau ;

« Ça n'entre pas, » disait-il en montrant ses mains calleuses et ses joues basanées ;

« D'ailleurs, moi, j'aime l'eau, c'est mon élément .. . »

« Tu aimes l'eau, toi ! » s'écria le cuisinier, « tu n'en mets jamais dans ton vin ! »

« Allons, viens dans ma cuisine, boire une cuillerée de bouillon » continua-t-il en lui montrant une bouteille de rhum.

Listanné céda à tant d'instances, et alla sécher ses vêtements au feu de la machine à vapeur.

Félix appela ensuite l'attention de ses cousins sur le peuplier abattu par la foudre dont le tronc parfaitement visible dans toute sa longueur était étendu au bord du fleuve parallèlement au bateau.

« Heureusement, dit-il, qu'il n'est pas tombé en travers de notre côté, il aurait pu nous éclabousser. »

« Il nous aurait bien certainement touchés ; » répondit Edmond.

« Oh ! c'est même certain qu'il aurait abattu la cheminée de la machine, n'est-ce pas, père ? » ajouta Julien.

« Mes enfants, il n'y a qu'un seul moyen de vous répondre avec assurance, c'est de mesurer :

1° La distance, qui sépare le bateau du pied de l'arbre ;

2° Et, la longueur de cet arbre.

« Alors, nous allons détacher la chaloupe, » continua Edmond.

« Nullement ; poursuivit M. Lebel, nous distinguons parfaitement le tronc de l'arbre et sa racine qui se trouvent en face de nous ;

« En prenant comme base d'opérations le pont du bateau

qui présente une surface assez longue et assez large, Félix
peut résoudre ces deux petites questions de géométrie plane ;

« Il a ses instruments de mathématiques, son grapho-
mètre, son rapporteur et son échelle de proportion ;

« Et il connait les propriétés résultant de la *Similitude
des triangles.* »

Félix résolut aisément les deux problèmes proposés et
démontra ainsi que l'arbre dans sa chute n'aurait pu attein-
dre le bateau.

Listanné avait eu le temps de sécher ses vêtements ; on
se remit en marche et l'on ne tarda pas à entrer dans le port
du Hâvre.

Comme on devait faire dans cette ville un assez long
séjour, on obtint une place dans un bassin tranquille pour
le Joyeux à côté de vrais vaisseaux qui avaient fait le tour
du monde.

X.

LA MER — LE CAP DE LA HÈVE.
L'EMBOUCHURE DE LA SEINE. — SOUVENIRS
D'UN VOYAGE EN DILIGENCE PARTICULIÈRE.

M. Lebel loua pour quinze jours aux environs du Hâvre
sur le penchant de la côte qui regarde l'embouchure de la
Seine, un petit logement meublé d'où l'on embrassait le cours
du fleuve, l'entrée du port, la rade, et dans le lointain les
maisons blanches de Trouville et de Honfleur assises sur la
côte opposée.

La vieille Marguerite y avait transporté sous la sur-
veillance de Mad. Lebel, tout le ménage qui garnissait l'appartement du bateau dont Listanné et le Cuisinier restèrent les
seuls habitants.

Une fois établis dans ce logement nouveau, on s'acquitta
comme d'un premier devoir, d'une promenade rapide par
la ville.

Ce qu'on y admira le plus, ce fut ces bassins où des vaisseaux innombrables de toute forme, de toute grandeur, de
toute couleur, sont symétriquement rangés sur deux lignes,
comme dans un marché, les chevaux à vendre ;

C'est ce qui fit demander tout d'abord à Victor si c'était
ici la foire aux vaisseaux.

On consacra ensuite tout son temps à la mer ; on alla la
saluer sur le cap de la Hève qui forme en face de Trouville
l'angle opposé de l'embouchure du fleuve.

C'est de là seulement, en effet, qu'on peut jouir du coup
d'œil de la mer elle même.

Ce spectacle imposant, d'une désert liquide sans limites,
qui semble à l'horizon se confondre avec le ciel, éveilla dans
l'esprit des enfants des sentiments alors inconnus.

Marie, l'ainée, éprouvait l'émotion qu'excite dans les
nobles âmes la vue du grand et du beau.

Edmond et Julien se disaient qu'un marin doit bien
aimer la terre quand il a longtemps été ballotté sur une mer
agitée, privé de la vue des arbres, des champs et des maisons.

Henriette s'écria : « ah ! une rivière qui n'a pas de
bords ! »

Quant à Victor après le premier moment d'observation
muette, il montra du doigt un point de l'horizon, en disant :
« un vaisseau qui pousse ! »

On voyait en effet, à l'extrémité de l'horizon, les mâts

d'un navire montant et se dessinant de minute en minute au dessus de l'eau ; on l'observa jusqu'au moment où la coque elle même apparut tout entière.

M. Lebel expliqua aux enfants que ce navire n'était pas un revenant du fond des eaux, comme le croyait Victor ; mais que la forme ronde de la terre était cause de ce phénomène d'optique.

La mer, qui avait été le but du voyage, fut aussi l'objet et la source de toutes les distractions pendant le séjour au Hâvre :

On régla pour toute la durée de ce séjour, l'emploi du temps.

Les bains ne sont pas agréables au Hâvre ; l'eau y est froide et trouble, et la plage est semée de galets durs aux pieds.

On se borna aux longues promenades,

Tantôt sur les falaises à l'heure de la marée haute quand les flots en furie ébranlent de leurs masses mugissantes les côtes escarpées, ou bien s'élancent comme pour envahir les parties plates du rivage où leur onde s'étale et se dissipe en flocons d'écume ;

Tantôt, à la marée basse, sur les galets arrondis en cherchant entre les pierres les coquillages amenés par le flux et abandonnés par le reflux.

Le matin, on assistait au départ des pêcheurs ;

Le soir, on les voyait revenir, et débarquer sur la grève le produit de leur journée.

Edmond et Julien, profitaient de la marée montante pour tendre des pièges aux petits poissons que la mer apportait : ils creusaient en quelques secondes avec leurs mains un trou dans le sable ou entre les galets à l'endroit où était parvenue la dernière vague ; la mer, à la vague suivante, emplissant

ce trou où se réfugiaient quelquefois des crabes, des équilles,
etc. etc., on les y prenait, au reflux avec la main comme dans
une cuvette ;

Souvent Félix allait avec sa carabine à la chasse aux
oiseaux de mer dont les côtes abondent.

Tom, lui-même, prenait sa part des distractions particulières que procure le voisinage de la mer ;

Il jouait avec les vagues ; les étangs qu'il était habitué
à voir depuis longtemps ne s'animaient point sur leurs rives
d'un mouvement provocateur, comme ce va et vient alter-
natif de la vague :

Montait-elle, il la défiait à la course ; descendait-elle, il la
poursuivait en aboyant, et au moment où il croyait la tenir
sous sa patte elle revenait en bondissant et en l'inondant de
la tête à la queue ;

Le pauvre Tom accourait piteusement au milieu des
enfants en soufflant à pleins naseaux et en se secouant vigou-
reusement, pour recommencer un instant après à la grande
joie de tous la même poursuite suivie du même effet.

Quelquefois assise à côté de sa mère et de son père, pendant que ses frères et sœur jouaient avec leur cousin, Marie
aimait à suivre en pensée les navires qui s'éloignaient du
port partant pour des rivages inconnus ; elle voyait en imagination les marins traversant mille dangers, subissant le vent,
la tempête, arrivant enfin au terme de leur voyage ; puis au
prix de fatigues nouvelles, revenant vers le port ; elle s'expli-
quait l'ardeur des sentiments religieux chez ces hommes à
l'apparence rude, qui ont tout vu, que rien n'effraie, mais
qui sentent la puissance de Dieu et la faiblesse de l'homme
au milieu des périls où ils vivent.

Marie remarquait un jour à ce propos, de quels bienfaits
l'invention de la vapeur avait doté l'humanité et particulière-

ment les marins en donnant le moyen d'abréger les traversées
et de diminuer ainsi le danger des naufrages ; mais elle regret-
tait, au point de vue du pittoresque, la substitution de ces
lourds tuyaux des machines aux mâts hardis et aux voiles
légères qui ornaient si élégamment les anciens navires.

« Il est vrai, » dit à son tour M. Lebel, « que l'adoption
de la vapeur comme force motrice a remplacé par des machines
plus ou moins semblables les unes aux autres les moyens divers
de locomotion dont se servaient autrefois les hommes ;

« Ainsi, la machine d'un bateau, la machine d'un chemin de Fer, la machine d'un tramway, sont uniformément
surmontées de l'éternel tuyau de cheminée, troublent l'air
des mêmes nuages de fumée, vous entraînent aux coups répétés des mêmes pistons, et au même bruit strident de la vapeur
frémissante.

« Tandis qu'autrefois la différence entre les divers
moyens de transport était beaucoup plus tranchée ; un navire
à voiles n'avait aucune ressemblance avec une chaise à por-
teur, un coucou avec une malle poste ; une promenade à
cheval n'avait aucun rapport avec un voyage en diligence.. »

« Parle-nous des diligences ! . . . . »

« Père ! » s'écrie Edmond, « de diligences traînées par des
chevaux au grand galop ; tu nous a promis depuis longtemps
de nous raconter un voyage en diligence que tu as fait dans
ton enfance ; raconte-nous ce voyage. »

Tous les enfants s'étant joints à Edmond dans la même
prière, et s'étant rapprochés de père, M. Lebel se décida à
commencer le récit de son voyage en diligence.

« J'avais l'âge d'Edmond ; mon grandpère qui venait
d'acquérir une ferme dans un département éloigné, sur la
lisière d'une forêt, avait promis à ses fils, assez nombreux
comme vous savez, et à ses petits fils, de les réunir pendant

quelques jours dans la maison de campagne dépendant de cette propriété.

« La perspective de ce séjour en famille, dans un pays nouveau, au milieu des bois, était déjà pleine d'attraits ; le moyen que ce cher grandpère imagina pour conduire ses invités acheva de donner au voyage le caractère d'une partie de plaisir complète dont l'aller et le retour ne furent pas les phases les moins gaies.

« Il prit pour son service particulier une diligence construite à la mode ancienne ; elle avait en bas deux compartiments, un coupé en avant dans lequel on entrait par deux portes s'ouvrant de chaque côté audessus des petites roues ; et une rotonde dans laquelle on entrait par derrière la voiture.

« En haut, s'avançait audessus du coupé le siége du cocher ou postillon ; derrière ce siége, abritée par une sorte de capote de cabriolet, la banquette où pouvaient se tenir trois ou quatre personnes ; et au fond, couvrant la rotonde, une plateforme cachée par la bâche et destinée à recevoir les bagages ; c'est là qu'au beau temps des diligences les conducteurs dissimulaient entre les malles et les paniers les voyageurs de contrebande admis par faveur en supplément.

« Cette diligence était attelée de deux chevaux percherons de couleur blanche, la queue liée, et garnis et harnachés pour la circonstance ;

« Nous emplissions la voiture à nous tous ; il n'y avait plus de place même pour un cocher ; notre grandpère et mes oncles n'étaient pas étrangers à l'art de mener les chevaux ; les habiles résolurent de conduire la diligence à tour de rôle.

« On entassa dans la rotonde les petits fils en compagnie des plus jeunes oncles ; ce fut le compartiment des petits jeux, de la main chaude et des gages.

« Le coupé, mieux éclairé et mieux disposé pour un jeu

sérieux fut occupé par les amateurs de cartes ; les fenêtres
ouvertes laissaient au conducteur la satisfaction de converser
avec les joueurs et de servir même d'intermédiaire entre eux
et les habitants de la banquette ; ceux-là avaient de plus
l'avantage de jouir des beautés du paysage.

« Ce fut pendant trois jours un jeu et un rire incessants ;

« Car il nous fallut trois jours entiers pour arriver au
but du voyage.

« Nous n'avions pas organisé de relais, et nous devions
laisser souvent reposer nos deux chevaux.

« Toutes les côtes, (et la route que nous suivions en est
hérissée), étaient montées au pas ; nous descendions tous
quand la pente était trop rapide, et au besoin nos pères pous-
saient aux roues ; nous autres nous jouions à saute-mouton,
ou bien nous cueillions des fleurs champêtres.

« Pour ne pas nous exposer à suivre de fausses direc-
tions dans ce pays nouveau, nous ne voyagions pas la nuit
malgré les lanternes dont notre diligence était munie.

« Nous nous arrêtions pour déjeuner, pour dîner et pour
coucher, aux auberges ou hôtels de meilleure apparence, *Le
Lion d'or, l'écu de Bretagne*, etc, etc., dans les bourgs ou vil-
lages que nous avions à traverser.

« Cette distance, qui nous avait demandé trois jours de
voyage, est franchie aujourd'hui en trois heures par le chemin de fer. »

« Oui, cher père, » dit Marie, « mais le chemin de fer est
bien moins amusant. »

« C'est par leur utilité, mes chers enfants, qu'il faut
dans la vie positive, juger les choses.

« Et le chemin de fer est surtout utile parcequ'il écono-
mise le temps, source de l'argent. »

XI.

EXCURSION A TROUVILLE.
LES RÉGATES.

Nos voyageurs ne se contentèrent pas de jouir de la mer par la vue et par la promenade sur ses bords ; on voulut naviguer quelque peu sur ses flots, et même s'y baigner ; on fit plus, on en but mais involontairement, quelques gorgées.

« C'est par une excursion à Trouville qu'on éprouva les premières émotions d'un voyage maritime ; on se convainquit par une expérience démonstrative que le balancement répété du vaisseau sur les vagues n'est pas aussi agréable à sentir que pittoresque à observer du rivage.

Les enfants se dédommagèrent des péripéties de la traversée toujours houleuse, quelquefois même dangereuse entre le Hâvre et Trouville, en jouant sur la plage ; le sable fin et doux aux pieds qui en tapisse toute l'étendue, et l'exemple des nombreux baigneurs qui s'y ébattaient encore malgré l'époque avancée de la saison, les invitèrent à se livrer une fois au plaisir du bain.

Cet exercice exige un peu d'habitude pour devenir agréable ; le flux et le reflux qui tantôt vous enlève, tantôt vous dépose sur le sable ; la vague qui tour à tour vous entraîne et vous ramène en vous couvrant d'eau la figure ; le goût saumâtre, enfin, de cette eau que nos Parisiens avalaient tout d'abord à pleine bouche comme l'eau de la Seine aux bains Henri IV, les brouillèrent un peu avec cette mer dont ils ne savaient dire auparavant que des louanges.

Ils furent de l'avis unanime qu'il était plus amusant de creuser des rivières dans le sable, d'y pêcher, ou d'y chercher des coquillages que de se baigner.

Et ils ne comprenaient qas que M. Lebel leur ait parlé des bains de mer comme d'un plaisir.

« Il est vrai, » dit M. Lebel, « que je vous en ai parlé dans ce sens ; je vous ait souvent dit aussi que les plaisirs dont le souvenir nous est le plus doux et le plus durable sont ceux que nous avons à peine effleurés.

« Vous m'objectez que vous avez à peine goûté aux bains de mer et que vous n'en conservez pas du tout un souvenir agréable ; vous êtes des sophistes, suivent une expression dont se servira bientôt le futur philosophe Félix ; vous avez en effet goûté des bains de mer, mais non du plaisir des bains de mer ; vous n'en avez pas assez pratiqué l'exercice pour en faire un plaisir ; quelques jours d'habitude modifieraient vos premières impressions, et c'est alors, je le répète, qu'après les avoir pratiqués modérément, vous conserveriez toujours des bains de mer un agréable souvenir. »

Cependant l'équinoxe approchait, et les mauvais temps qui signalent toujours cette époque de l'année s'annonçaient déjà aux marins par des signes certains ; on s'attendait même à une avance de quelques jours dans le mouvement des eaux et les perturbations atmosphériques qu'amène invariablement le retour de l'automne.

Sans des régates et des courses de bateaux dans la rade qui avaient été annoncées pour le Dimanche suivant, M. Lebel se serait décidé à partir pour Rouen et Rondbourg dès le lendemain du voyage de Trouville ; mais, Mad. Lebel et Marie insistèrent beaucoup pour profiter de ce spectacle qu'on n'aurait plus, de longtemps, l'occasion de voir.

L'agitation exceptionnelle de la mer et de l'air rendi-

rent ce spectacle plus intéressant encore que de coutume ;
sur la vaste plaine liquide de la rade ondulant vigoureuse-
ment au souffle impétueux d'un vent violent, une nuée de
bateaux bas armés d'un mat élevé et d'une large voile trian-
gulaire, partirent au signal convenu de l'extrémité de la
jetée pour doubler le cap de la Hève ; des prix très-enviés
avaient été offerts par la ville aux vainqueurs ; on voyait de
loin ces bateaux comme de grands oiseaux de mer se cacher
entre deux vagues, s'élever subitement à la surface de l'eau,
ou s'incliner en rasant de leur aile la crête écumante des
flots.

Cette fête fut la limite définitive fixée par M. Lebel.

Félix fit ses adieux à la mer par un feu d'artifice tiré
sur les falaises d'où les fusées s'élançaient hardiment sans
danger d'incendie.

On partit dès le lendemain.

XII.

LE MASCARET.

Ce n'était pas sans raison que M. Lebel avait hâte de
retourner à Rouen ; ne pouvant prolonger plus longtemps
son séjour au Hâvre, il craignait d'être surpris dans le cours
du voyage par le Mascaret ou la Barre ; c'est un phénomène
que les grandes marées de l'équinoxe d'automne produisent
chaque année.

A ce moment, la marée, au lieu de monter en 6 heures,

s'élève alors en un instant sous l'influence de la lune, quatre ou cinq fois plus haut qu'en temps habituel ;

Et, les montagnes d'eau qu'elle soulève, au lieu de retomber en vagues isolées, s'enroulent à l'embouchure du fleuve en une sorte de cylindre gigantesque, qui en barre toute la largeur, et se met à glisser sur sa surface et à en remonter le cours avec une rapidité vertigineuse et une violence irrésistible ; on a vu des navires engloutis par le choc soudain de cette trombe, des digues puissantes emportées, des quartiers de villes riveraines submergés et détruits.

M. Lebel avait fait part de ses craintes à Listanné et lui avait recommandé de marcher à toute vapeur en gouvernant avec la plus grande prudence.

Comme le temps devenait froid et brumeux, les passagers se renfermèrent dans le salon et reprirent avec le concours de Félix l'étude d'Esther et d'Athalie qu'on espérait représenter avant la fin des vacances.

La forme et la couleur des costumes, des armes et des ornements particuliers à chaque personnage et à chaque pièce furent l'objet d'un examen plein d'intérêt pour nos futurs acteurs.

On reprit la discussion interrompue au début du voyage : on se rappelle qu'il n'avait encore été rien décidé au sujet du rôle d'Esther sollicité par Henriette, et que celui d'Assuérus n'avait pas été attribué faute d'acteurs d'un âge assez respectable pour le remplir ;

Cette dernière difficulté fut bien vite levée par l'offre de Félix de faire le personnage de l'empereur d'Assyrie.

Henriette eut été une reine trop petite pour un si grand seigneur ; on la déposséda de la couronne royale dont elle se parait déjà en espérance ; elle fut désignée pour être Elise, la confidente d'Esther.

Mais on lui promit en compensation un rôle important
dans la pièce d'Athalie.

Ils en étaient là de leur organisation préparatoire ;

Le Joyeux avait dépassé Rouen sans s'arrêter, et M.
Lebel, qui jusqu'à ce moment avait semblé préoccupé, commençait à se mêler plus volontiers à la conversation générale;

Tout à coup, un cri formidable : *La Barre, La Barre !*
proféré par Listanné retentit aux oreilles des passagers.

M. Lebel fut en un instant sur le pont : Le tourbillon
roulant s'avançait en effet ; il fut en un clin d'œil près du
bateau ; Listanné montra le plus grand sangfroid ; il se tint
au large du fleuve dans une direction exactement perpendi-
culaire à la Barre, et commanda au mécanicien : « En avant,
à toute vapeur ! »

Le torrent se précipita avec fracas ; mais le bateau lancé
dans le même sens par une impulsion vigoureuse, n'éprouva
pour ainsi dire pas de choc ; il s'inclina vivement de l'avant
comme dans un mouvement de tangage produit par une forte
vague, et l'on se sentit emporté avec une vitesse encore plus
grande ;

Si le bateau avait dévié tant soit peu de sa ligne perpen-
diculaire, et que la Barre l'eut pris en flanc, sa perte était
inévitable ; et tous les malheurs qui suivent un naufrage
étaient possibles.

Mais nous devons rendre hommage à l'habileté consom-
mée de Listanné qui avait compris le danger et avait réussi
à l'éviter par sa vieille expérience et sa présence d'esprit.

On rentra bientôt dans les eaux plus tranquilles de l'Eure
et l'on continua tout d'un trait le voyage jusqu'à l'endroit
de la rivière où Félix avait rencontré le Joyeux à son premier mouillage près de Rondbourg.

XIII.

SECOND SÉJOUR A RONDBOURG.
LE FOYER PATERNEL.

Le trajet du bateau à Rondbourg fut moins agréable que la première fois ; les chemins détrempés par la pluie étaient boueux et glissants ; un vent glacial soufflait avec force et rendait la marche encore plus pénible.

On arriva enfin chez Bon papa rompu de fatigue et d'émotion, mouillé, gelé . . . .

Aussi, le premier soin de Bonne maman, après les premiers épanchements de la tendresse, fut-il d'aider tout son petit monde à changer de vêtements et de chaussures, et de les conduire dans la salle à manger de famille.

Là les attendaient des siéges à l'ancienne mode, des fauteuils à large dossier incliné qui vous invitent au repos, qui vous reçoivent, qui vous retiennent par la manière aisée douce et bienveillante dont ils vous entourent, en face de l'antique cheminée à manteau élevé, à foyer généreusement ouvert pour embrasser d'une chaleur bienfaisante le cercle entier de la famille.

C'est à côté de la flamme pétillante qu'on se réunit à la fin du repas autour de Bon papa et de Bonne maman pour leur raconter tous les incidents du voyage ; M. et Mad. Lebel retracèrent à grands traits l'emploi du temps ; les détails furent ensuite repris au fur et à mesure des souvenirs et chacun fit son petit chapitre du récit suivant ses impressions particulières.

Victor déclara qu'il s'était bien amusé mais qu'il ne voulait plus retourner dans les pays où il y a la Barre ;

« Pour le moment, » dit M. Lebel, « je crois qu'aucun voyage ne nous procurerait les jouissances du foyer paternel. »

« Père, repartit Edmond, tu parles toujours du foyer paternel, qu'est-ce que c'est donc que les foyers paternels ? »

« Mon cher enfant, il n'y a pour chacun de nous qu'un foyer paternel ;

« Ce foyer, c'est la place où dans l'attente de ta naissance brillait une flamme soigneusement entretenue comme un feu sacré,

« Où sous l'œil de ta mère palpitante d'émotion au bruit de tes premiers cris, tes membres grêles vivifiés par la chaleur ont fait leurs premiers mouvements et reçu les premiers soins ;

« C'est la place où enfant tu as appris sur les lèvres de ta mère tes premiers mots et tes premières prières,

« Où, appuyé sur les genoux de ton père tu écoutais avidement dans les longues soirées d'hiver les histoires qu'il te contait ;

« C'est le sanctuaire aimé et vénéré, où jeune homme tu entendras d'une oreille souvent incrédule les avertissements de ton père sur les réalités de la vie ;

« Et où, homme mûr, tu recevras les conseils toujours bienveillants, les consolations et les encouragements de l'expérience paternelle et maternelle . . . . .

« . . . Mais, je me laisse entraîner, je devance votre âge, mes chers enfants ; le foyer paternel, pour résumer en peu de mots tout ce que cette expression rappelle, c'est le souvenir de vos premières années, des soins et de la sollicitude dont votre berceau et votre enfance ont été entourés, c'est le cœur

de vos bons parents qui désireraient vous réchauffer toujours
au feu de leur tendresse . . . . »

M. Lebel, s'arrêta tout ému, les larmes lui venaient
aux yeux ;

« Allez jouer, continua-t-il, le soleil brille maintenant et
vous permet de courir dans le jardin ;

« Ce soir nous consulterons Bonne maman sur nos projets de représentations théâtrales.

XV.

RETOUR A PARIS.
DISTRIBUTION DÉFINITIVE DES ROLES
D'ESTHER ET D'ATHALIE.

Félix engagé comme acteur pour la représentation des
deux pièces d'Esther et d'Athalie suivit à Paris le reste de
la troupe ; Bon papa et Bonne maman promirent d'y aller à
la fin des vacances et de figurer au nombre des spectateurs ;

Le Joyeux leva l'ancre pour la dernière fois et reprit
sa route pour ne plus s'arrêter qu'à Paris.

Quand on y arriva, la distribution des rôles, le choix des
décors, la disposition de la scène étaient arrêtés ; on avait
même commencé à dessiner et découper quelques ornements
en papiers de diverses couleurs.

Voici comment les rôles avaient été répartis :

Dans la pièce d'Esther

le personnage d'ASSUÉRUS était attribué à FÉLIX,

celui d'ESTHER — — MARIE,

— ELISE confidente d'Esther HENRIETTE,

— MARDOCHÉE, oncle d'Esther EDMOND,

— AMAN, favori d'Assuérus JULIEN.

On fut obligé de supprimer les rôles de *Zarès*, femme d'Aman, *d'Asaph* officier d'Assuérus et confident de Mardochée, ainsi que celui *d'Hydaspe* autre officier confident d'Aman,

Pour les remplacer par un personnage unique à qui on donna le nom *d'Asaph*, et dont le rôle fut confié à Victor ;

Victor devint ainsi, au moyen d'un remaniement de quelques scènes, le confident muet des sentiments et des projets les plus opposés.

Il en écoutait l'expression et l'aveu sans avoir à y répondre.

Pour Athalie, le nombre restreint de nos acteurs rendit nécessaires des expédients analogues ;

FÉLIX eut la rôle de JOAD grandprêtre,

EDMOND — celui d'ABNER officier, confident de Joad.

MARIE — — ATHALIE, reine, mère de Joas.

HENRIETTE — JOSABETH, femme de Joad,

VICTOR — JOAS, roi de Juda,

JULIEN — ceux de ZACHARIE, fils de Joad
et MATHAN, officier d'Athalie,
en supprimant la scène où, dans la texte original,
ces personnages figurent ensemble.

Le retour à Paris s'effectua comme un songe au milieu de ces préparatifs de divertissements nouveaux.

M. Lebel mit à la disposition des enfants une grande salle servant habituellement de magasin et pour le moment inoccupée, dont les murs en pans de bois et les poutres apparentes du plafond se prêtaient à merveille à des distributions intérieures.

Les acteurs demandèrent à y construire eux mêmes leur théâtre.

M. Lebel y consentit, à la condition qu'on lui soumit avant de rien commencer un plan succinct des travaux à exécuter ;

Il voulait accoutumer de bonne heure ses enfants à la réflexion à la méthode et à la précision.

Ce plan, dressé par Marie et Edmond, approuvé par tous et sanctionné par M. Lebel, on amena dans la salle les poutres et les planches nécessaires, on adjoignit aux architectes et entrepreneurs en titre un menuisier de profession qui apporta son établi et ses outils ;

Et l'on se mit ardemment au travail.

Félix et Edmond étaient principalement chargés de clouer les planches qui formaient le plancher de la scène, et les cloisons des coulisses ;

Marie suivait l'exécution du plan et prenait avec Henriette les mesures des rideaux et des tentures ;

Victor apportait les clous à Félix et à Edmond ; il s'emparait aussi de temps à autres d'un marteau pour consolider les planches par quelques bons coups de supplément.

Malgré ces aides nombreux et empressés le menuisier termina en quelques jours son travail.

L'ornementation de la scène, la fabrication des décors, la confection et l'essai des costumes, les répétitions prélimi-

naires, et enfin la brillante représentation accompagnée de
musique des pièces en question, remplirent la dernière partie
des vacances de distractions instructives dont le souvenir
est encore présent à la mémoire de tous les héros de cette
histoire.

FIN.